Rimes Maladives

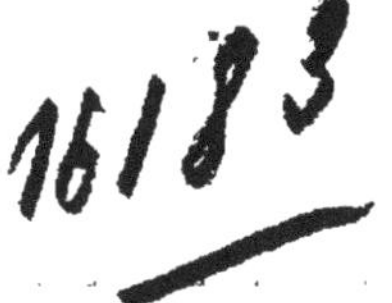

ALFRED BÉJOT

Rimes Maladives

PARIS

LÉON CHAILLEY, ÉDITEUR

8, RUE SAINT-JOSEPH, 8

—

1895

Au Docteur CAMPENON

A. B.

Par le rêve et par la musique

Le mal de l'homme est adouci.

Ami lecteur, ce sont ici

Les vers d'un poète phtisique.

Cannes.

A UN MALADE

Si quelque malade un jour

Lit mes vers sans me connaître,

Qu'il y découvre l'amour

Que j'ai pour lui, le pauvre être.

Nul ne le comprendra mieux,

Je pense bien, que moi-même,

Car je l'ai devant les yeux,

En écrivant mon poème.

Je partage son émoi,

Je souffre de sa souffrance,

Et nul autre, plus que moi,

Ne vit de son espérance.

O toi, mon frère inconnu,

Dont j'évoque ici l'image,

Tout ton mal est contenu

Dans mon livre, à chaque page.

Dieu me voyant un jour, du haut de son ciel bleu,

Traîner dans Paris ma misérable existence,

S'est dit : — Ce malheureux enfant mourrait sous peu,

Si je ne lui prêtais tout de suite assistance.

C'est un contemplatif qu'au sein d'une cité

J'ai créé, je ne sais par quelle inadvertance.

1.

Il a besoin de grand air et de liberté;

De la vie il connaît la seule parodie,

Je veux la lui montrer sous un meilleur côté.

— Ce disant, Dieu me fit don de ma maladie.

ENVOI DE FLEURS

A ceux qui sont restés là-bas un peu moroses,

En me voyant partir seul pour le Paradis,

Si tu voulais rimer quelques vers, Muse, dis?

Si je leur adressais avec eux quelques roses?

Peut-être ils feront fi des vers, mais pas des fleurs :

On les aime chez nous, et c'est une coutume,

Ici, d'en envoyer au pays du bitume,

Dans des boîtes *ad hoc* de toutes les couleurs.

Conformons-nous à la coutume : elle est charmante.

En route pour Paris anémones, œillets,

Roses et mimosas ! Nous prenons vos billets,

Et n'attendons pas trop que l'on nous complimente.

Le cadeau n'a que la valeur du souvenir;

Et, si mes fleurs ont un éclat qui les décore,

C'est le soleil toujours, c'est le soleil encore

Qu'il faut louer, qu'il faut chanter, qu'il faut bénir !

LE PORT[1]

Un petit port. Trois ou quatre yachts de plaisance,

Et pour plus grand bateau peut-être le *Cannois*

(Le tonnage à peu près d'une coque de noix),

Et quelques barques. C'est bien à ma suffisance.

De temps en temps on me signale la présence

D'un navire marchand, marseillais ou génois,

Qui lève l'ancre un beau matin en tapinois,

Ne manœuvrant pas là, le monstre, avec aisance.

[1] Le port de Cannes.

Et c'est tout. Ce n'est pas fort important. D'accord.

Tel qu'il est, il me plaît pourtant, ce petit port,

Avec ses bouts de quai, son phare minuscule ;

Et je l'aime en raison de son humilité.

Pour tout dire en un vers au poète emprunté,

Je ne le trouve point, ce port, si ridicule.

LES MARINS

Il existe d'autres marins
Dans l'Océan et dans la Manche,
Ceux-là des gaillards, à la franche
Allure de vrais mathurins.

Sous des cieux beaucoup moins sereins,
Ils vont, et la voile est moins blanche
De leurs rudes barques que penche
Le furieux souffle des grains.

Mais les marins de cette rade

Sont des matelots de parade

A côté d'eux, et rien de plus ;

Malgré leur terrible mimique,

Et leurs visages très velus,

Ils sentent l'opéra-comique.

AU SOLEIL

Un ciel d'azur, la mer uniformément lisse ;

Parfois à peine un peu de brise qui la plisse,

Et sur l'eau, lentement, une barque qui glisse.

Une fumée au loin monte droite dans l'air

Au-dessus de la ville, et cette ville a l'air

De surgir toute blanche au milieu de la mer.

Le chaud soleil répand sa lumière aveuglante ;

Et, sur la dune où je suis assis, une plante

Projette nettement son ombre violente.

C'est l'heure du silence, et c'est l'exquis moment

Où l'être entier savoure irrésistiblement

Une béatitude, un engourdissement...

LA CAMPAGNE

Cette campagne me rappelle mon Virgile :

J'y vois grimper au roc la même chèvre agile ;

Sous le soleil de feu, j'entends les mêmes chants

Des cigales en plaine ; et partout, dans les champs,

Dans les bois, je retrouve aussi la même flore.

Car la campagne, ici, c'est l'Italie encore,

C'est le même terrain, et c'est le même ciel,

Les abeilles y font le même divin miel ;

Et puis toujours, au pied de chaque arbre, il me semble

Voir les mêmes bergers qui devisent ensemble.

———

VILLAS

Des coins de Paradis sous un ciel toujours bleu...

Beaucoup d'infortunés malades font le vœu

De les quitter pourtant, ces trop riches demeures,

Car ils ne passent là que de mortelles heures,

En proie à l'affreux mal qui ne pardonne pas.

Comme souvent le Sort est cruel ici-bas,

Qui place, par la plus triste des ironies,

Dans de pareils décors de telles agonies !

—————

RÉTROSPECTIVEMENT

Je jette bien souvent un regard en arrière

Sur ma santé perdue et mon bonheur passé,

Et me maudis moi-même, hélas ! pauvre insensé,

Pour n'avoir pas mieux su me tracer ma carrière.

Il m'eût fallu, je crois, la vie aventurière

De l'Ulysse d'Homère, et je me suis laissé

Prendre à j'ignore quel breuvage de Circé ;

Entre le monde et moi j'ai mis une barrière.

2.

Oh ! si je pouvais donc redevenir enfant,

Je fréterais ma barque en nocher triomphant,

Qui part pour explorer des terres inconnues ;

Ce me serait un sort et meilleur et plus beau

De m'envoler, ainsi que l'oiseau dans les nues,

Sur les mers, loin, bien loin de Paris, ce tombeau !

AU MIDI

Votre parler, gens du Midi,

En beautés lyriques abonde ;

S'il n'est pas exempt de faconde,

Il est pittoresque et hardi.

Nul autre en France ne l'égale.

L'Europe n'a pas son pareil ;

Il est chaud comme le soleil,

Et chantant comme la cigale.

Qu'importe si le Provençal

N'est pas la langue du Trouvère !

O langue d'oc, je te révère ;

Troubadour, je suis ton vassal.

Chante, Midi. Le Nord est libre

De se moquer de ton accent...

Un poète déliquescent

Ne vaudra jamais un félibre !

LE « BEL-AMI » [1]

Au sommet du mât, *Bel-Ami*

Porte toujours une oriflamme ;

Mais son maître est mort à demi,

Et le petit yacht n'a plus d'âme !

Pauvre maître, là-bas, là-bas,

Son âme, hélas ! s'est envolée...

Est-ce qu'il ne reviendra pas ?

Gémit la barque désolée.

[1] Ces vers furent écrits peu après la tentative de suicide
de Maupassant à Cannes.

Il vivait sur l'eau, triomphant,

De Saint-Tropez à Vintimille ;

Son bateau, c'était son enfant,

Et ses chers marins sa famille.

La mer était son seul bonheur,

Son seul remède à la souffrance ;

Sur les flots ce grand promeneur

Gardait encore une espérance.

. . . .

Bel-Ami, de lui tant aimé,

Qui sait, au milieu de ses fièvres,

Combien ton nom accoutumé

Est venu de fois sur ses lèvres ?

Comme parfois, dans le ciel bleu,

Courent quelques nuages sombres,

Ainsi, dans mon cerveau, des ombres

Passent, qui l'attristent un peu.

« ÆGRI SOMNIA »

Qui connaîtra l'âme d'un malade ?

Qui fouillera ce pauvre cerveau,

Emprisonnant, ainsi qu'un caveau,

Des noirs pensers la triste peuplade ?

Qui connaîtra les terribles peurs,

Laissant bien loin les autres souffrances ?

Qui comprendra les désespérances,

Après l'éclair des espoirs trompeurs ?

Qui connaîtra toutes ces névroses,

Dites jadis « ægri somnia » ?

Hélas ! au fond de ces deux mots-là,

Combien, combien de lugubres choses !

REMORDS

N'est-ce donc point assez de la douleur physique?

Faut-il que, s'y joignant, le terrible remords

Creuse une plaie au cœur du malheureux phtisique,

Lui faisant expier deux fois ses anciens torts?

Il eût dû concevoir différemment la vie,

Il eût dû mieux s'armer pour la lutte ici-bas;

Une autre route à lui s'offrait : s'il l'eût suivie,

Il se rirait de maux qu'il ne connaîtrait pas.

Ainsi parle la voix du remords à son âme,

Cependant qu'il jouit d'un odieux loisir ;

Et, courbé sous le poids de ce sévère blâme,

Le malade n'a plus ni repos ni plaisir.

VIEILLESSE

Me sera-t-il donné de vivre bien longtemps ?

Je ne sais ; mais j'aurai pressenti la vieillesse ;

De cet âge j'aurai mesuré la faiblesse,

Car je fus un vieillard moi-même avant trente ans.

J'aurai connu l'automne au printemps de ma vie,

J'aurai goûté les fruits de l'arrière-saison ;

Aux tout petits bonheurs des vieux dans leur maison

Je me serai contraint à borner mon envie.

J'aurai vécu comme eux avec un corps pareil,

Avec une même âme à des terreurs en proie,

Ayant, avant ma mort, eu pour suprême joie

De me chauffer un peu sur ma porte, au soleil.

———

3.

NUITS

Des belles nuits que j'aimais

Je ne vois plus les étoiles;

Sur elles, pour moi, des voiles

Sont tirés à tout jamais.

Une prudence importune

M'interdit — mes yeux, pleurez,

O vous qui tant l'admirez, --

De chanter au clair de lune.

Aveugle voyant encor,

J'endure un double supplice;

J'éprouvais un tel délice

A rêver sous l'astre d'or.

Plus d'amour et plus de rêve

Pour un poète ici-bas!...

— Malade, ne vois-tu pas

Le grand soleil qui se lève?

COMPASSION

Je songe bien souvent à vous, ô poitrinaires,

Des sombres hôpitaux tristes pensionnaires,

Infortunés reclus qui ne voyez le jour

Qu'entre les quatre murs d'une petite cour.

Oh ! comme je vous plains, frères en maladie !

Rarement l'hôpital à vos maux remédie,

Car les deux grands bienfaits de la vie ici-bas,

La lumière et l'air pur, il ne les donne pas.

●

Ce sont là seulement des remèdes de riches,

Et pour les pauvres gens les villes en sont chiches

Il faut mourir, hélas! quand on est indigent...

La santé, comme tout, s'achète à prix d'argent.

ÉPAVES

O mes désirs d'enfant, ô mes rêves d'amour,

Mes chimères de gloire et de bonheur un jour,

De mon riant passé toutes les ignorances,

Toutes mes volontés, toutes mes espérances,

Tous mes plaisirs et tous mes devoirs ici-bas,

Tout cela gît brisé, détruit : tel un amas

D'épaves sur la mer à la fin du naufrage...

Mais, pauvre naufragé, rappelle ton courage,

Ces débris dispersés, sache les réunir,

Et, sur ce radeau-là, vogue vers l'avenir !

LES FILETS

Les filets des pêcheurs, étalés sur la grève,

Sèchent, gardant l'odeur du poisson qu'ils ont pris ;

Un vieux les raccommode en supputant le prix

De la pêche future, et tristement il rêve.

Tous les jours de la sorte il travaille sans trêve

Sur ces filets usés, véritables débris,

Pour lesquels il ne doit pas avoir de mépris,

Puisque de lui dépend leur existence brève.

Ainsi dans le tissu de mes pauvres poumons,

Que je soigne à l'air pur de la mer et des monts,

Se découvrent, hélas! de profondes fissures ;

Je ressemble au pêcheur occupé tous les jours,

Soucieux de son bien, à lui porter secours,

Et qui verse parfois un pleur sur ses blessures.

AMOUR DE MALADE

A pas lents, tous les jours, il vient sous sa fenêtre,

Et lui jette en passant un regard douloureux ;

Et, de voir tous les jours cet étrange amoureux,

Sans le vouloir elle a fini par le connaître.

Sans le vouloir elle est exacte au rendez-vous

Du malade qui l'aime et ne peut le lui dire ;

Il l'intéresse, elle a fini par lui sourire,

Tant son visage est pâle et tant son œil est doux.

Dans ce penchant pour lui, plus moral que physique,

Il entre bien sans doute un peu de charité,

Pour qu'elle, jeune, belle et pleine de santé,

Ne dédaigne pas trop l'amour de ce phtisique.

Mais qu'importe après tout le secret de son cœur?

Il ne le connaît pas, ne connaissant rien d'elle,

Rien, si ce n'est pourtant ce sourire fidèle

Qui tous les jours l'accueille ainsi, l'heureux vainqueur.

UN RÊVE

J'étais guéri... J'étais robuste,

Et devant la mort sans effroi,

Car mon rêve avait fait de moi

Un chêne, au lieu d'un frêle arbuste.

Mon cœur battait joyeux et fort

Dans ma poitrine sans un râle ;

Mon visage n'était plus pâle

Ainsi qu'un visage de mort.

A travers la charmante vie

Je me jetais à corps perdu,

Car rien ne m'était défendu

De ce qui me faisait envie.

Et cela me semblait si doux

D'oublier enfin la souffrance,

De goûter cette délivrance,

Que je me mettais à genoux ;

Et, dans un accès de tendresse,

Dont le cœur en vain se défend,

Je me prenais, comme un enfant,

A conter à Dieu mon ivresse...

O le désespérant réveil,

Avec la toux, la toux funeste,

Lamentable voix qui proteste,

Contre l'erreur du bon sommeil !

———

SONNET AU DOCTEUR

Vous m'accusez d'hypocondrie,

Docteur, et vous n'avez pas tort ;

Je ne puis accepter le sort

Que m'a fait votre barbarie.

Vous m'avez dit sans flatterie :

« Vous n'êtes point un homme mort ;

Mais soignez-vous, et tout d'abord,

Plus de femmes, je vous en prie... »

Oh ! plus de femmes, plus d'amour?

Maudit soit mille fois le jour

Où vous parlâtes de la sorte !

Je ne saurais vivre ici-bas

Sans amour et mon âme est morte,

Si mon pauvre corps ne l'est pas.

LE MISTRAL

Ohé! vieux bavard de vent,

Veux-tu bien vite te taire?

Tu souffles par trop souvent,

On n'entend que toi sur terre.

Je n'ai pas pu, de la nuit,

Fermer l'œil une seconde,

Avec ce terrible bruit.

Que le Diable te confonde!

Si tu crois m'avoir conté

L'histoire de la Provence,

C'est de la fatuité :

Je la savais par avance.

Un poète magistral,

Dans sa langue sans pareille,

Ton homonyme Mistral,

Me l'apprit. J'ai lu *Mireille*.

Je me passerais souvent,

Tu sais, de ton commentaire...

Ohé! vieux bavard de vent,

Veux-tu bien vite te taire?

L'HIVER

Aujourd'hui le ciel est maussade,

Il y a de la neige en l'air ;

Car parfois le bonhomme Hiver

Ici se montre à la passade.

On l'accueille, le pauvre vieux,

Si mal qu'il se sauve bien vite ;

(Dès qu'il paraît, chacun l'évite

Et le repousse à qui mieux mieux).

D'abord le roi de la contrée,

Le sérénissime soleil :

— « Que veut, dit-il, un gueux pareil ?

Et sa grosse face est outrée.

J'ordonne son bannissement,

Qu'on le chasse du territoire ! »

Et la formule exécutoire

Est au bout de ce jugement.

Puis ce sont les sujets du prince,

Nos bons hôtes, les Provençaux,

Quand nous arrivons, point si sots

De le garder dans leur province.

Et le pauvre hiver est traité

Ainsi qu'une brebis galeuse

Par cette gent, bien trop frileuse

Pour lui faire la charité.

Donc il s'en va, puisqu'on l'exile,

A quoi bon s'attarder ici?

Un autre climat, moins transi,

Lui donnera peut-être asile.

Et puis, il se prend à songer

Mélancoliquement : — Que n'ai-je,

Hélas! moi, d'aussi blanche neige,

Que leur blanche fleur d'oranger?

CARNAVAL

« Le Carnaval n'est point un crime. »
Victor Hugo.

Amusez-vous, mes bons Niçois.

Avez-vous besoin de ma Muse?

Elle est à vous, car je conçois

Fort bien qu'à Nice l'on s'amuse.

Tandis que l'on s'ennuie ici :

Vous n'êtes pas des gens malades

Comme nous autres, Dieu merci!

Vous pouvez chanter des ballades

En l'honneur du roi Carnaval,

Si Sa Majesté vous inspire.

C'est un monarque sans rival

Dans votre ville, son empire.

Amusez-vous, déguisez-vous,

Vivent les plus grotesques masques !

Soyez joyeux et soyez fous,

On excuse toutes les frasques...

Jetez-vous, jetez-vous des fleurs,

A pleines mains, encore, encore.

Ohé ! les amis querelleurs,

Battez-vous bien, qu'on vous décore !

Schopenhauer en a menti :

La tristesse n'est pas du monde,

Qu'on l'accable de confetti,

Et qu'on le bafoue à la ronde !

Amusez-vous toujours, toujours,

Et celui-là faites-le taire,

Qui parle en de méchants discours,

Du prochain tremblement de terre !

BATAILLE DE FLEURS

Bravo ! c'est ainsi que je comprends la bataille :

Des femmes pour soldats et des fleurs pour mitraille ;

Dans l'air, au lieu de poudre, une odeur de bosquets ;

Par terre, au lieu de morts, des milliers de bouquets ;

Dans tous les yeux, la joie au lieu de la colère...

Telle est l'impression d'un témoin oculaire,

Qui n'a jamais rêvé de combats plus sanglants,

Et qui s'en tient, pour vivre, aux seuls exploits galants

Accomplis sur ce champ de bataille, une fête,

Où le cœur d'une femme est l'unique conquête.

RÉVEIL

Quel est ce rayon vermeil

Qui sur mon rideau gambade!

Ah! c'est toi! Bonjour, soleil!

Tu viens me donner l'aubade

Au lit? Et, pour me trouver,

Tu passes par la fenêtre?

Soit! Tu vas me voir lever.

Tu finis par me connaître.

5.

Tiens, je rêvais, en dormant,

De toi, mon bon, tout à l'heure,

Songeant que sans toi, vraiment,

L'espérance n'est qu'un leurre.

Je ne t'ai pas, sais-tu bien,

Hier vu de la journée?

— Un jour, dis-tu, ce n'est rien.

Qu'est-ce un jour dans une année?

Ce n'est rien; mais pour ma chair,

Ma pauvre chair maladive,

C'est beaucoup. Ainsi, mon cher

Soleil, point de récidive !

Je ne la souffrirais pas;

Et ceci dit, je m'habille,

Car tu marches à grands pas,

Toi, pendant que je babille.

Attends-moi, Phébus, un peu ;

Nous allons sortir ensemble.

Je suis blond aussi, parbleu !

Qui se ressemble s'assemble.

UN POÈTE PROVENÇAL

Dans ce petit coin de la France,

Et sous ce ciel toujours serein,

Un poète a chanté : Négrin.

Je lui tire ma révérence.

Je n'ai certes point l'espérance

De détrôner ce souverain ;

Il est ici sur son terrain,

Et ne craint pas la concurrence.

Je l'ai lu comme de raison;

A sa bastide (sa maison),

J'ai fait même un pèlerinage.

O combien triste son sonnet

Sur la porte du jardinet,

Avec les morts pour voisinage!

LA LUNE

C'est le soir, c'est l'heure opportune

Pour le rêve fol et charmant.

Sur la colline au firmament,

Voici là-bas monter la lune.

L'astre d'or m'apparaît comme une

Grosse orange, distinctement

Pendue aux arbres, ornement

Lumineux de la forêt brune.

Tels je m'imagine, autrefois,

Les fruits au miraculeux poids

De Chanaan, selon la Bible ;

Et je regrette l'âge heureux

Où, pour le sol, il fut possible

D'être à ce degré généreux.

POITRINAIRE

Poitrinaire ! Ce fut jadis très poétique :

On l'était plus ou moins par mode et par bon ton ;

Il seyait d'exhiber des mines de carton

Dans le monde. Cela vous rendait sympathique.

Et puis cela ne fut plus aussi bien porté,

Le jour où les docteurs parlèrent de phtisie :

Ce mot-là n'étant pas empreint de poésie,

On mit un peu le poitrinaire de côté.

A son tour, aujourd'hui, le phtisique se nomme

Tuberculeux, un mot évoquant l'hôpital ;

Et le monde n'est plus du tout sentimental

A l'égard de son mal, resté le même en somme.

Pour moi, s'il m'eût été loisible de choisir,

J'eusse préféré vivre au temps du « poitrinaire » ;

Il m'eût plu n'être point un malade ordinaire,

Et l'intérêt qu'on m'eût porté m'eût fait plaisir.

LA MUSIQUE

La musique, au bord de la mer,

Eveille en l'âme des pensées,

Evoquant les choses passées

Dont le souvenir nous est cher.

Je songe à mes amours d'hier,

Et mon âme se fait plus tendre,

Chaque fois que je viens d'entendre

La musique, au bord de la mer.

———

PALETTE

A Cannes, je composerais,

Si j'étais peintre, une palette

De couleurs sans aucune emplette,

En dérobant mon rouge aux rais

Du soleil; mon blanc au nuage;

Mon vert à la flore; à l'éther

Mon bleu, puis encore à la mer;

Mon jaune au sable du rivage.

Ainsi je ferais des tableaux.

Mais Paris, devant ma peinture,

Dirait : Quelle est cette nature ?

Quel est ce ciel, quels sont ces flots ?

Et telle serait l'excellence,

Et tel l'éclat de mes couleurs,

Qu'au lieu de me couvrir de fleurs,

On crîrait à l'invraisemblance !

L'ART

A nos heures d'amertume,

L'Art est un consolateur ;

C'est le rayon enchanteur

Qui perce à travers la brume.

La souffrance disparaît,

Quand il brille au fond de l'âme ;

Il ressuscite à sa flamme

Notre être qui se mourait.

6.

J'ai connu ces sombres heures,

Hélas ! — Toujours bienfaisant,

L'Art, en les poétisant,

A su les rendre meilleures.

O le charme du souvenir,

O la douceur de l'espérance!

O du présent la délivrance

Dans le passé, dans l'avenir!

Mémoire, imagination,

Inépuisables bienfaitrices,

Divines sœurs consolatrices

De l'âme en son affliction!

———

A MAURICE LANOIX

Pour causer et me distraire,

Aussi par nécessité,

Chez toi j'ai bien fréquenté,

Maurice Lanoix, libraire.

Bibliophile, mon frère,

O toi qu'Horace eût chanté,

Je te dois, en vérité,

Plus d'une heure littéraire,

J'ai beaucoup, beaucoup appris,

Sceptique enfant de Paris,

De nouveau dans ta boutique,

Où j'ai souvent donné cours

A la veine poétique

Qui me tourmente toujours.

LE PRINTEMPS

Le printemps! C'est déjà le printemps, en hiver!

De troublantes senteurs passent ici dans l'air,

Ma chère Provence est en fête.

Tandis qu'il tombe encor de la neige à Paris,

O merveilleux climat! les arbres sont fleuris,

Les oiseaux chantent sur leur faîte.

Et je me réjouis de vivre; avec le chœur

Des oiseaux une voix chante aussi dans mon cœur,

Et c'est la voix de l'Espérance ;

Elle me dit : Oublie, ô malade, et renais,

Puisque sous le soleil béni tu ne connais

Plus ce que c'est que la souffrance.

O bonheur, ô bonheur! Ainsi chante la voix.

Et je me réjouis en mon âme deux fois

De cette heureuse destinée,

Qui veut que, retrouvant à Paris les beaux jours,

J'offre pour se guérir à mon mal le secours

De deux printemps dans une année.

CONVALESCENCE

L'heureuse convalescence

Rachète bien des douleurs;

C'est la douce renaissance

Du sourire après les pleurs.

C'est, après le sombre orage,

Le petit coin de ciel bleu,

Apparaissant comme un gage

Pour nous du pardon de Dieu.

Après les peines passées,

C'est, pour un bonheur nouveau,

Le grain des bonnes pensées

Qui germe en notre cerveau.

AU DOCTEUR DAREMBERG

Bon guérisseur, si bien guéri

De notre mal jadis toi-même,

— Et certes, à ce point extrême

Où tu fus, tout autre eût péri, —

Mon pauvre corps endolori

Te rend grâce en ce court poème,

Que je rimaille sur un thème

Qui nous est, docteur, favori.

Car tu les vaincs, ces parasites,

Dont nous reçûmes les visites

Intempestives ô combien !

Tu les vaincs, le fait est notoire,

(Nous ne sommes pas là pour rien)

Ces bandits de laboratoire !

———

« GLORIA VICTIS »

J'ai vu tomber plus d'un malade à mes côtés,

Dans ce rude combat soutenu pour la Vie;

Et, d'en être sorti vainqueur, j'ai fait envie

A plus d'un dont les jours, hélas! étaient comptés.

Oh! le triste regard de ces déshérités,

A qui cruellement l'existence est ravie,

Tandis que leur jeunesse ardente les convie

A connaître ici-bas toutes les voluptés!

Salut à ces vaincus qui rêvaient de victoire,

Et dont les noms jamais n'entreront dans l'histoire,

Car ils sont morts obscurs, comme ils ont combattu.

Leur courage n'est pas de ceux que l'on honore

Sur le champ de bataille, et le clairon sonore

De la gloire pour eux toujours se sera tu.

ÉVREUX, IMPRIMERIE DE CHARLES HÉRISSEY

www.ingramcontent.com/pod-product-compliance
Ingram Content Group UK Ltd.
Pitfield, Milton Keynes, MK11 3LW, UK.
UKHW022344130726
13694UKWH00006B/1189